我可以帶來改變

一起培養行動力

文 蘇珊‧維爾德 Susan Verde　　圖 彼得‧雷諾茲 Peter H. Reynolds　　譯 劉清彥

獻給做出改變的每 1 個你。
— 蘇珊·維爾德

獻給葛莉塔·通貝里（Greta Thunberg），
她向世界展現了做為一個年輕人的力量。
— 彼得·雷諾茲

I Am One

Text copyright © 2020 Susan Verde

Illustration copyright © 2020 Peter H. Reynolds

First published in the English language in 2020

By Abrams Books for Young Readers, an imprint of ABRAMS, New York

ORIGINAL ENGLISH TITLE: I AM ONE

(All rights reserved in all countries by Harry N. Abrams, Inc.)

This edition is published by arrangement with Harry N, Abrams Inc. through Andrew Nurnberg Associates International Limited.

Traditional Chinese copyright © 2022 by CommonWealth Education Media and Publishing Co., Ltd.

繪本 0295

我可以帶來改變 一起培養行動力

作者｜蘇珊·維爾德（Susan Verde） 繪者｜彼得·雷諾茲（Peter H. Reynolds） 譯者｜劉清彥

責任編輯｜陳毓書、謝宗穎 美術設計｜林子晴 行銷企劃｜王予農、溫詩潔

天下雜誌群創辦人｜殷允芃 董事長兼執行長｜何琦瑜

媒體暨產品事業群 總經理｜游玉雪 副總經理｜林彥傑 總編輯｜林欣靜

行銷總監｜林育菁 副總監｜蔡忠琦 版權主任｜何晨瑋、黃微真

出版者｜親子天下股份有限公司 地址｜台北市 104 建國北路一段 96 號 4 樓

電話｜（02）2509-2800 傳真｜（02）2509-2462 網址｜www.parenting.com.tw

讀者服務專線｜（02）2662-0332 週一～週五：09:00~17:30 傳真｜（02）2662-6048 客服信箱｜parenting@cw.com.tw

法律顧問｜台英國際商務法律事務所·羅明通律師

製版印刷｜中原造像股份有限公司 總經銷｜大和圖書有限公司 電話：（02）8990-2588

出版日期｜2022 年 4 月第一版第一次印行
2024 年 6 月第一版第二次印行

定價｜320 元 書號｜BKKP0295P ISBN｜978-626-305-174-4（精裝）

———————— 訂購服務 ————————

親子天下 Shopping｜shopping.parenting.com.tw 海外·大量訂購｜parenting@cw.com.tw

書香花園｜台北市建國北路二段 6 巷 11 號 電話（02）2506-1635 劃撥帳號｜50331356 親子天下股份有限公司

國家圖書館出版品預行編目 (CIP) 資料

我可以帶來改變：一起培養行動力/蘇
珊.維爾德(Susan Verde)文；彼得.雷諾茲
(Peter H. Reynolds)圖；劉清彥譯. -- 第一版
-- 臺北市：親子天下股份有限公司, 2022.0
40面；20x20公分. -- (繪本；295)
注音版
譯自：I am one
ISBN 978-626-305-174-4 (精裝)
874.599   11100124

立即購買 >

我要怎麼帶來改變？

對像我這麼微小的人來說，
那似乎是個很遠大的目標。

但是，美好的事物
都是從 1 個小東西或小舉動
開始。

從 1 顆小種子
開始一一座花園。

從 1 筆 畫
開始一幅傑作。

從 1 個音符
開始一段旋律。

從 1 小步
開始一段旅程。

從ㄘㄨㄥˊ 1 塊ㄎㄨㄞˋ磚ㄓㄨㄢ頭ㄊㄡ

開ㄎㄞ始ㄕˇ拆ㄔㄞ除ㄔㄨˊ一一ˊ片ㄆㄧㄢˋ牆ㄑㄧㄤˊ壁ㄅㄧˋ。

我還可以說 1 個溫暖的字，
　　開始一段對話。

我可以用 1 個柔和的聲音，
開始一段友誼。

我ˇ可ˇ以ˇ做ㄗㄨㄛˋ 1 個ㄍㄜˋ友ˇ善ㄕㄢˋ的ㄉㄜ行ㄒㄧㄥˊ為ㄨㄟˊ，

開ㄎㄞ始ˇ一ㄧ段ㄉㄨㄢˋ關ㄍㄨㄢ係ㄒㄧˋ。

我可以給 1 個溫暖的擁抱，
開始表達愛。

我可以點燃 1 支蠟燭，
開始帶著大家前進。

我ㄨㄛˇ可ㄎㄜˇ以ˇ在ㄗㄞˋ水ㄕㄨㄟˇ裡ㄌㄧˇ

滴ㄉㄧ下ㄒㄧㄚˋ 1 小ㄒㄧㄠˇ滴ㄉㄧ蠟ㄌㄚˋ……

開始擴散漣漪，

湧ㄩㄥˇ起ㄑㄧˇ水ㄕㄨㄟˇ流ㄌㄧㄡˊ，形ㄒㄧㄥˊ成ㄔㄥˊ波ㄅㄛ浪ㄌㄤˋ，

行_{ㄒㄧㄥ}經_{ㄐㄧㄥ}海_{ㄏㄞ}洋_{ㄧㄤ}，

越^{ㄩㄝˋ}過^{ㄍㄨㄛˋ}邊^{ㄅㄧㄢ}境^{ㄐㄧㄥ}

和^{ㄏㄜˊ}國^{ㄍㄨㄛˊ}界^{ㄐㄧㄝˋ}……

在<ruby>遠<rt>ㄩㄢ</rt></ruby><ruby>方<rt>ㄈㄤ</rt></ruby><ruby>靠<rt>ㄎㄠ</rt></ruby><ruby>岸<rt>ㄢ</rt></ruby>，

開始一連串影響，
啟發一場行動，
帶來改變。

我就是那個 1，
我可以採取行動。

我們都是那個 1，
我們都可以採取行動。

1 個接 1 個，
我們可以帶來改變。

因ぃ為ˊ，美ˇ好ˇ的ˇ事ˋ物ˋ……

都是從 1 件小事情開始。

作者的話

　　有時候，我們會覺得現今世界所發生的許多事，實在令人難以理解，但身為一個人，我們可以帶來改變。《我可以帶來改變》這本書的靈感來自達賴喇嘛的一句話：「就像一顆小石頭落入水中，會激起一圈圈漣漪一樣，個人的行動也能帶來深遠的影響。」

　　的確，許多絕妙的事物都是由一個「1」開始的。就像一座美麗的花園始於 1 顆小種子，我們見證或參與的所有遊行和群眾運動，也都是從 1 個想法、1 小步、1 個聲音或 1 個良善的舉止所開始──而且我們可以邁出自己的第 1 步，讓世界變成一個更美好、更團結、更平和的地方。我們都可以是行動者。

　　那麼，該如何開始呢？以下是可以幫助你開始的覺察和自省行動。

　　覺察就是活在當下，將注意力集中於自己此時此刻的生命狀態。當我們對某一件事物有強烈感受，想要做出改變，或是採取行動來反對我們生活周遭不好的事時，我們需要專注於當下，進入我們大腦中負責處理問題、產生創造力和同理心的區域。這時，會有激動、甚至憤怒的感覺都很正常，但是當我們迷失在自己的情緒和反應裡時，就沒辦法帶來真正的改變；而當我們以開闊的心和清明的思維，有意識的決定要如何回應的時候，改變才會翩然到來。

以下的冥想步驟能幫助你進入這樣的心智狀態，而這也是你在努力帶來改變的同時，照顧自己的好方法。

❶ 找個舒服的位置，閉上眼睛，將雙手放上腹部，用鼻子慢慢吸氣和吐氣。留意你的呼吸和腹部的起伏。

❷ 現在，想一件你在這個世界、社區、學校或任何地方，想要協助或改變的事。留意自己湧現的感受，可能是憤怒、難過或挫折。不要壓抑那些感受，相反的，在腦中好好辨識它們。

❸ 將你的注意力重新放回自己的呼吸，試著找到一個緩慢的節奏，吸氣、吐氣，想像每一口氣都充滿全身。在吸氣的同時告訴自己：「我很強壯。」吐氣的時候則說：「我很專注。」

❹ 重複幾次上個步驟，然後慢慢睜開眼睛，留意自己的感受。

冥想結束時，將腦中湧現的思緒寫下來，或告訴別人，接著問問自己：
· 你對那件需要改變的事有什麼想法？
· 當你想到那件事的時候，有什麼感受？
· 現在，強壯又專注的你，該怎麼踏出第一步，成為那個帶來改變的人？

你準備好了！請記住，沒有任何一個行動會太微不足道。你可以成為那顆激起漣漪的小石頭。你就是那個「1」，改變也從你開始。

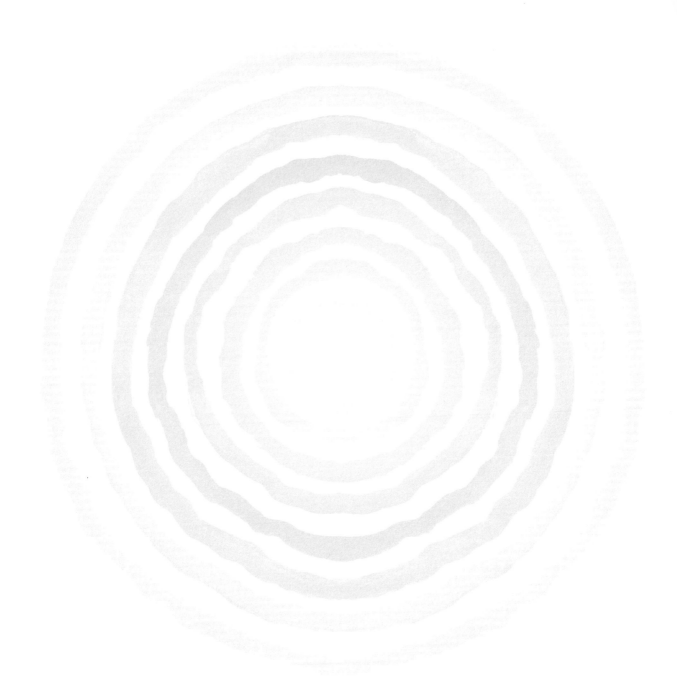